Vente des 20, 21 et 22 Janvier 1876

SALLE Nº 8

Par suite du décès de M. X...

AQUARELLES

TABLEAUX, DESSINS & GRAVURES

OBJETS D'ART & CURIOSITÉS

BONS MEUBLES

BEAU VIOLON DE STRADIVARIUS

LIVRES D'HISTOIRE, DE LITTÉRATURE
PARTITIONS DE MUSIQUE, ETC.

Exposition Publique : le Mercredi 19 Janvier 1876

COMMISSAIRE-PRISEUR :

Me CHARLES PILLET, 10, rue de la Grange-Batelière.

EXPERTS :

M. DURAND-RUEL
16, rue Laffitte.

M. A. AUBRY
LIBRAIRE
18, rue Séguier,

MM. GAND et BERNARDEL FRÈRES, luthiers,
21, rue Croix-des-Petits-Champs.

CATALOGUE

DE

AQUARELLES

TABLEAUX, DESSINS ET GRAVURES

OBJETS D'ART ET CURIOSITÉS

BON MOBILIER

Beau Violon de Stradivarius.—Livres et partitions de musique.

DONT LA VENTE AURA LIEU

Par suite du Décès de M. X...

HOTEL DROUOT, SALLE N° 8

Les Jeudi 20, Vendredi 21 et Samedi 22 Janvier 1876,

A DEUX HEURES.

Par le ministère de M° **CHARLES PILLET**, Commissaire-Priseur,
10, rue de la Grange-Batelière;

Assisté, pour les tableaux, de **M. DURAND-RUEL**, Expert, 16, rue Laffitte;
Pour les livres, de **M. AUBRY**, Expert, 18, rue Séguier;
Et de **MM. GAND** et **BERNARDEL** frères, Luthiers,
21, rue Croix-des-Petits-Champs.

Chez lesquels se trouve le présent Catalogue.

EXPOSITION PUBLIQUE : Le Mercredi 19 Janvier 1876.

CONDITIONS DE LA VENTE

Elle sera faite au comptant.

Les adjudicataires payeront *cinq pour cent* en sus des enchères.

Paris. — Imprimerie PILLET FILS AINÉ, rue des Grands-Augustins, 5.

DÉSIGNATION

AQUARELLES & DESSINS

ROSA BONHEUR (Mlle)

1 — Troupeau de moutons.

Un groupe de moutons, un bélier sont couchés dans une lande sous la garde d'un chien. On aperçoit au loin le troupeau épars.

Dessin rehaussé. Haut., 23 cent.; larg., 37 cent.

CRAJEVANGER

2 — Le Banquet de la garde civique.

Belle aquarelle, d'après le tableau de Van der Helst, du musée d'Amsterdam.

Haut., 30 cent.; larg., 54 cent.

CRAJEVANGER

3 — La Ronde de nuit.

Belle aquarelle, d'après le tableau de Rembrandt, du musée d'Amsterdam.

Haut., 37 cent.; larg., 46 cent.

DECAMPS

4 — Femme portant du bois.

Dessin rehaussé. Haut., 23 cent.; larg., 15 cent.

DECAMPS

5 — Vue prise dans la forêt de Fontainebleau.

Effet d'hiver.

Dessin rehaussé. Haut., 12 cent.; larg., 20 cent.

DELAROCHE (PAUL)

6 — Marie au désert.

Dessin précieusement fait. Haut., 34 cent.; larg., 20 cent.

DETAILLE (E.)

7 — Le Tambour.

Un tambour de la ligne, debout, en avant de sa compagnie au repos.

Aquarelle. Haut., 20 cent.; larg., 12 cent.

GALLAIT (LOUIS)

8 — Godefroy de Bouillon proclamé empereur à Constantinople.

Magnifique aquarelle, avec variante du grand tableau du musée de Versailles.

Aquarelle. Haut., 33 cent.; larg., 62 cent.

GREIVE (J.-R.)

9 — Marine.

Bateau à vapeur, bateau à voile et barque se dirigeant vers un port sur le Schedt.

Lavis. Haut., 00 cent.; larg., 00 cent.

GREIVE (J.-R.)

10 — Marine.

Bateaux amarrés sur une plage, à l'horizon plusieurs navires en pleine mer.

Lavis. Haut., 00 cent.; larg., 00 cent.

ISABEY (EUG.)

11 — Bateaux de pêcheurs au bord de la mer à marée basse.

Aquarelle. Haut., 23 cent.; larg., 31 cent

JACQUE (CHARLES)

12 — Berger ramenant son troupeau par un temps d'orage.

Dessin rehaussé. Haut., 30 cent.; larg., 49 cent.

LEYS

13 — L'Atelier de Rembrandt.

L'atelier du maître est envahi par une foule de seigneurs et de dames admirant les œuvres d'art qu'il renferme.

Aquarelle importante. Haut., 55 cent. sur 45 cent.

TROYON (c.)

14 — Vaches couchées dans une prairie.

Pastel. Haut., 28 cent.; larg., 22 cent.

TROYON (c.)

15 — Vaches debout dans un paysage au bord de la mer.

Dessin rehaussé. Haut., 23 cent.; long., 39 cent.

TROYON (c.)

16 — Paysage.

Grands arbres au bord d'un étang.

Dessin rehaussé. Haut., 43 cent.; larg., 63 cent.

TROYON (c.)

17 — Troupeau de vaches dans une prairie.

Croquis rehaussé de pastel. Haut., 20 cent.; larg., 27 cent.

WYLD (WILLIAM)

18 — Vue de Venise.

Le quai des Esclavons, le palais des Doges et la Douane.

Aquarelle. Haut., 35 cent.; larg., 52 cent.

WYLD (WILLIAM)

19 — Paysage italien.

Vue de Tivoli, prise de la campagne de Rome.

Aquarelle. Haut., 35 cent.; larg., 50 cent.

INCONNU

20 — Arbres et rochers.

Dessin. Haut., 40 cent.; larg., 36 cent.

TABLEAUX

BENNETTER (J.)

21 — Marine.

Deux vaisseaux voguant en pleine mer par un temps houleux.

Toile. Haut., 38 cent.; larg., 55 cent.

BOMBLED (CH.)

22 — Deux soldats à cheval causent avec une paysanne montée sur un âne.

Toile. Haut., 32 cent.; larg., 40 cent.

BOMBLED

23 — Le Cheval du porte-étendard.

Bois. Haut., 19 cent.; larg., 19 cent.

DEVENTER (M. VAN)

24 — Vue d'Amsterdam, prise des bords de l'Y.

Bois. Haut., 37 cent.; larg., 53 cent.

GUDIN (TH.)

25 — Marine : Côtes de la Méditerranée.

Barques de pêcheurs près du rivage, et bateaux à voiles à l'horizon. Effet de soleil.

Toile. Haut., 30 cent.; larg., 42 cent.

GUDIN (TH.)

26 — Marine.

Marée basse éclairée par le soleil couchant ; à l'horizon, plusieurs bateaux voiles déployées.

Toile. Haut., 49 cent.; long., 65 cent.

GUDIN (Mlle H.)

27 — Marine.

Effet de soleil par un temps d'orage.

Toile. Haut., 27 cent.; larg. 42 cent.

TEN-KATE (HERMAN)

28 — L'Escamoteur.

Dans une salle d'auberge, un escamoteur exécute ses tours de gobelets en présence d'une foule de seigneurs, de femmes et d'enfants en costume de l'époque de Louis XIII.

Toile. Haut., 33 cent.; larg., 40 cent.

KRUSEMAN VAN ELTEN

29 — Paysage dans la province de Gueldre (Hollande).

Toile. Haut. 40 cent.; larg., 56 cent.

KRUSEMAN VAN ELTEN

30 — Paysage de la province de Gueldre.

Toile. Haut., 39 cent.; larg., 52 cent.

MAYENDORF (Mme la baronne)

31 — Portrait de J. Sobieski, d'après Rembrandt.

Toile. Haut., 100 cent.; larg., 66 cent.

ROBIE

32 — **Fleurs.**

Des fleurs coupées sont déposées sur un banc de pierre, dans un parc, avec un voile de dentelle et des gants. A terre, au bord d'un ruisseau, quelques fraises sur une large feuille.

Bois. Haut., 135 cent.; larg., 100 cent

ROELOFS (W.)

33 — Paysage hollandais.

Chaumières entourées d'arbres près d'une rivière.

Toile. Haut., 00 cent.; larg., 00 cent.

VERVEER (S.-T.)

34 — **Vue des environs d'Utrech.**

Bois. Haut., 25 cent.; larg., 33 cent.

VOS (Mlle MARIA)

35 — **Nature morte : Gibier et légumes.**

Bois. Haut., 32 cent.; larg., 40 cent.

VOS (Mlle MARIA)

36 — Nature morte : Légumes et poissons.

Toile. Haut., 17 cent.; larg., 23 cent.

VOS (Mlle MARIA)

37 — Vue d'Oosterbeck dans la province de Gueldre.

Toile. Haut., 33 cent.; larg., 42 cent.

GRAVURES

38. — Le Banquet de la garde civique, d'après Van der Helst.

Belle épreuve avant la lettre.

39 — La Ronde de nuit, d'après Rembrandt.

Gravée par W. Kaiser. Belle épreuve avant la lettre.

40 — Le grand Derby, d'après W. P. Frith.

Belle épreuve avant la lettre.

OBJETS D'ART & DE CURIOSITÉ

41 — Très-beau violon d'*Antonius Stradivarius*, année 1702, avec deux archets garnis en argent. Le tout dans un étui en maroquin havane, garni en velours.

41 *bis*. — Violon de Jean-Baptiste Vuillaume, imitation Maggini, avec un archet de Vuillaume. Le tout dans un étui à deux violons et en palissandre.

42 — Grande pendule, époque Louis XIV, en marqueterie de Boule, avec console. Le sommet est surmonté d'une figurine de femme, et le bas orné d'un sujet mythologique en bronze doré repercé à jour. Cadran à heures émaillées, de N. Lenoir.

43 — Deux petits flambeaux en bronze japonais, forme balustre.

44 — Deux petits vases en bronze japonais.

45 — Deux grands vases en porcelaine de Chine, à décor de personnages et fleurs variées sur fond d'or.

46 — Deux jardinières de forme carrée en porcelaine de l'Inde, à décor de personnages.

47 — Tasse avec couvercle et soucoupe en porcelaine de Chine à côtes, avec décor de feuillages et de fruits en relief sur fond rose

48 — Petite théière en porcelaine de Chine, ornée d'un serpent.

49 — Petit vase, de forme carrée, en porcelaine de Chine, à décor de personnages.

50 — Deux petits vases en porcelaine de Chine, décorés de personnages sur fond blanc, avec anses à serpents en relief.

51 — Deux vases en porcelaine de Chine, de forme héxagone avec anses dorées, décor de personnages, fleurs et feuilages émaillés.

52 — Deux bouteilles en porcelaine de Chine à décor d'aninaux fantastiques, bleus sur fond blanc.

53 — Deux potiches à côtes avec couvercles, en porcelaine du Japon à décor bleu.

54 — Deux cornets et deux potiches avec couvercles en porcelaine de Chine, à décor de personnages.

55 — Deux porte-allumettes en porcelaine de Chine, décor à personnages.

56 — Six assiettes creuses en porcelaine du Japon à décor bleu.

57 — Six assiettes en porcelaine de Chine, à décor polychrome avec fleurs émaillées.

58 — Douze petites assiettes en porcelaine de Chine, à décor de fleurs variées.

59 — Douze tasses et soucoupes en porcelaine de Chine, à décor de personnages.

60 — Dix petites tasses en porcelaine de Chine, dite coquille d'œuf, avec soucoupes et couvercles à décor de personnages.

61 — Douze petites tasses en porcelaine de Chine, dite coquille d'œuf, avec soucoupes et couvercles à décor de fleurs variées et émaillées.

62 — Baguier en faïence de Delft : fruits posés sur une feuille.

63 — Deux compotiers en faïence de Delft, formés par des poissons enroulés, avec plateaux à bords verts et paysage en camaïeu bleu sur fond blanc au centre.

64 — Soupière en faïence avec plateau, à décor de feuilles, de papillons et d'insectes en relief.

65 — Bas-relief en bois sculpté représentant saint Jean au désert, assis, tenant un livre sur ses genoux, et entouré d'un pape et de deux évêques qui semblent le consulter ; à ses pieds est un lion couché, derrière se trouvent

plusieurs chérubins, l'un deux porte une ruche; dans le bas sont sculptés un chapeau et les armes d'un cardinal.

66 — Petit bas-relief en ivoire, représentant saint Jean-Baptiste et sainte Elisabeth agenouillés devant l'enfant Jésus assis sur les genoux de sa mère; près d'eux se tient saint Joseph.

67 — Deux petits bustes en marbre blanc, représentant le Tasse et le Dante; socles ronds en marbre vert antique.

68 — Groupe en terre cuite représentant une nymphe debout près d'une source et jouant avec un amour. Signé : T. G. Simons, Paris, 1868.

69 — Autre groupe en terre cuite représentant l'Education de la Vierge.

70 — Buste en plâtre de grandeur naturelle, représentant une jeune femme, la tête couverte d'un filet de pêcheur, regardant un papillon posé sur son épaule. Signé : *Ch. Grimbel du Bois.*

71 — Deux vases à couvercles en bronze émaillé bleu, avec anses et piédouche en bronze doré, socles ronds en marbre blanc cannelé.

72 — Grand vase en cristal bleu orné d'une monture de branches et de feuillages en bronze découpé et argenté.

73 — Deux écrans à main en laque de Chine orné de fleurs et d'oiseaux.

MEUBLES & AMEUBLEMENTS

ANTICHAMBRE

74 — Deux rideaux de vitrage en mousseline soutachée.

75 — Deux grands rideaux de fenêtres en reps vert, doublés en percale, avec glands et cordons.

76 — Lanterne d'antichambre, forme ronde, en cuivre verni avec chaîne en fer.

77 — Deux banquettes formant coffre à bois, avec dossiers, en chêne ciré ; sièges garnis en velours vert.

78 — Grande jardinière en bois de chêne avec pied.

79 — Deux meubles à hauteur d'appui en chêne ciré avec portes pleines et tiroirs.

80 — Deux lampes en imitation de porcelaine du Japon, montées en bronze.

81 — Porte-parapluie en bronze.

SALON

82 — Grand tapis d'Aubusson à fleurs de couleurs variées, sur fond blanc et marron, avec bordure.

83 — Tapis de foyer à fleurs variées sur fond blanc.

84 — Six rideaux de vitrage en guipure.

85 — Quatre grands rideaux de fenêtres en guipure, avec embrasses en passementerie blanche.

86 — Six grands rideaux en soie groseille, ornés de passementerie ; doublés en percaline blanche ; glands et cordons de soie. Galeries en bois doré.

87 — Tablette de cheminée en velours groseille, ornée d'une large frange de soie.

88 — Lustre en bronze à vingt-huit lumières, avec rangs de perles, pendeloques et gland en cristal taillé.

89 — Deux appliques en bronze, à huit lumières, garnies de rangs de perles, de pendeloques et de glands en cristal taillé.

90 — Galerie de foyer en bronze, représentant deux enfants portant des fleurs, assis sur des socles ornés de feuillages.

91 — Pelle, pincette, pare-étincelles en bronze forme d'éventail.

92 — Garniture de cheminée en bronze doré au mat, composée : d'une pendule représentant trois enfants assis sur des fleurs et jouant de la vielle, du tambourin et de la flûte de Pan ; le socle est orné de volubilis et d'oiseaux en relief ; cadran de Miroy frères, à Paris ; et de deux candélabres représentant des enfants, couronnés de feuilles de vigne, jouant du tambourin et du triangle, assis sur des socles ornés de volubilis et d'oiseaux en relief.

93 — Deux lampes en porcelaine décorée de bouquets de fleurs, formant vases, avec monture à fruits et feuillages en bronze doré.

94 — Meuble à hauteur d'appui, à trois portes vitrées et coins arrondis, en bois noir et marqueterie de cuivre sur écaille rouge, orné de feuillages, de rubans et de rosaces en bronze doré.

95 — Meuble-vitrine à hauteur d'appui, en bois noir et marqueterie de cuivre sur écaille, orné de cariatides et de mascarons en bronze doré.

96 — Ameublement de salon en palissandre, couvert en soie groseille capitonnée, composé d'un grand canapé, quatre fauteuils et six chaises.

97 — Deux chaises longues couvertes en soie groseille entièrement capitonnées et ornées de franges.

98 — Quatre chaises volantes en bois doré, siéges garnis en étoffe de soies variées.

99 — Table de milieu en palissandre, de forme contournée, avec entre-jambe supportant un vase.

100 — Table à jeu en palissandre.

101 — Grande étagère en bois sculpté et doré, ornée de feuillages, de raisins et de rinceaux ; fond de glaces.

102 — Deux consoles-appliques en bois sculpté et doré.

CABINET DE TRAVAIL

103 — Grand tapis en moquette, à médaillons de fleurs rouges sur fond noir.

104 — Quatre rideaux de vitrage en mousseline soutachée.

105 — Quatre grands rideaux de fenêtres en velours grenat, ornés de passementerie, avec glands, cordons et bâtons en acajou.

106 — Tablette de cheminée en velours grenat.

107 — Galerie de foyer en bronze ornée de vases posés sur des trépieds.

108 — Pelle, pincette, pare-étincelles, etc.

109 — Coffre en bois garni de velours bleu.

110 — Écran en palissandre et étoffe de soie.

111 — Garniture de cheminée, composée d'une pendule et de deux coupes en marbre noir et vert, avec sujet en bronze : Galilée.

112 — Deux flambeaux en bronze japonais, représentant des autruches.

113 — Grande bibliothèque en palissandre, à trois portes vitrées, avec fronton.

114 — Grand bureau-ministre en palissandre.

115 — Objets de bureau : encrier, flambeau, porte-plumes, poudrière, etc., en bronze. Corbeille en tapisserie.

116 — Table carrée, à volets, en palissandre.

117 — Ameublement en palissandre, recouvert en molesquine grenat capitonnée, composé d'un canapé avec trois coussins, deux fauteuils et deux chaises.

118 — Pupitre à musique en palissandre.

SALLE A MANGER

119 — Quatre rideaux de vitrage en mousseline soutachée.

120 — Quatre grands rideaux de fenêtres en velours vert, doublés en percale, avec glands et cordons en laine.

121 — Grand tapis en moquette à fleurs vertes sur fond noir.

122 — Suspension de salle à manger en bronze verni, à dix-huit lumières avec lampe.

123 — Deux buffets-étagères en chêne ciré, à coins arrondis, tiroirs et portes pleines.

124 — Table ronde à un seul pied, en chêne ciré à trois rallonges.

125 — Douze chaises en chêne ciré, couvertes, siéges et dossiers, en velours vert capitonné.

CHAMBRE A COUCHER

126 — Grand tapis en moquette à fleurs sur fond rouge.

127 — Tapis de foyer en moquette à fleurs.

128 — Quatre rideaux de vitrage en mousseline soutachée à pois.

129 — Quatre grands rideaux de fenêtres en soie bleue, doublés de percaline blanche, avec passementeries, glands, cordons, etc. ; galeries en acajou avec lambrequins.

130 — Rideaux de lit en mousseline blanche soutachée.

131 — Rideaux de lit en soie bleu avec galerie en acajou et lambrequin.

132 — Galerie de foyer en bronze doré, orné de vases, avec médaillons et guirlandes ; style Louis XVI.

133 — Pelle, pincette, pare-étincelles en bronze.

134 — Armoire à glace en acajou avec fronton.

135 — Deux lits, à dossiers cintrés, en acajou.

136 — Table de nuit en acajou, à volets.

137 — Toilette en acajou, à dessus de marbre blanc, avec glace psyché.

138 — Guéridon, de forme contournée, en acajou.

139 — Petite table-bureau en acajou.

AUTRES CHAMBRES A COUCHER

140 — Deux fauteuils en acajou, couverts en velours bleu et tapisserie.

141 — Deux chaises en acajou couvertes en velours bleu.

142 — Quatre chaises en bois noirci, formées de canne.

143 — Coffre à bois couvert en velours bleu.

144 — Tapis en moquette.

145 — Deux rideaux de vitrage en mousseline soutachée.

146 — Quatre rideaux de fenêtres en damas de laine grenat.

147 — Descente de lit en moquette.

148 — Galerie de foyer en cuivre verni : pelle, pincette, etc.

149 — Armoire à glace en acajou.

150 — Lit en acajou.

151 — Table de nuit en acajou à volets.

152 — Toilette-commode en acajou.

153 — Deux chaises en acajou.

154 — Deux rideaux de vitrage en mousseline soutachée.

155 — Deux rideaux de fenêtres et de lit en perse à fleurs.

156 — Pelle, pincette, pare-étincelles, etc., en bronze.

157 — Lit en acajou avec sommier.

158 — Table de nuit en acajou à volets.

159 — Grande armoire à glace en acajou avec fronton.

160 — Toilette en acajou avec glace psyché et dessus en marbre blanc.

161 — Deux fauteuils en acajou, couverts en étoffe de laine à fleurs.

162 — Deux chaises semblables.

PORCELAINES & CRISTAUX

DE TABLE

163 — Service en porcelaine blanche, décorée de fleurs (fabrique de Bordeaux) composé de : 12 assiettes creuses, 36 assiettes plates, 36 assiettes à dessert, 5 plats, 5 compotiers, 1 soupière, 1 saladier, 3 raviers, 2 saucières, etc.

164 — Service en porcelaine blanche à décor de fleurs et filets bleus et or, composé de : 36 assiettes creuses, 44 assiettes plates, 60 assiettes à dessert, 20 plats rouds ou longs, 2 soupières, 6 raviers, 2 sucriers, 6 légumiers, 2 saladiers, etc.

165 — Service à dessert en porcelaine anglaise à fleurs sur fond blanc, bordure vert-d'eau avec filets dorés, composé de : 28 assiettes, 8 assiettes montées, 2 grands compotiers.

162 — Dix-huit tasses à café et soucoupes en porcelaine couleur rose, avec chiffre doré sur fond blanc.

163 — Douze tasses à thé et soucoupes en porcelaine anglaise, décorée bleu et or.

164 — Douze tasses à chocolat en porcelaine anglaise et fond blanc à filets bleus et or.

165 — Service en verre mousseline avec chiffre gravé, composé de : 24 grands verres à pied, 24 verres à vin de Bordeaux, 24 verres à vin de Bourgogne, 24 coupes à vin de Champagne, 10 petits verres à liqueur ; 2 compotiers, 1 cloche à fromage, 6 carafes.

166 — Service en cristal taillé, composé de : 30 verres à sirops, 12 flûtes à vin de Champagne, 12 verres à vin de Bordeaux, 12 verres à vin de Bourgogne, 18 verres à vin du Rhin, 6 carafes, etc., etc.

167 — Dix-huit rince-bouches en verre opaque.

168 — Deux coupes à pied en cristal rouge taillé.

169 — Deux grandes coupes en verre avec piédouches en bronze doré.

170 — Dix-huit grands couteaux, lames en acier et à manches en os.

171 — Dix-huit petits couteaux, lames en acier et manches en os.

ARGENTERIE

172 — Vingt-quatre grands couverts, 24 couverts à dessert, 1 cuillère à potage en argent hollandais.

173 — Trente-six grands couverts, 30 couverts à dessert, 1 cuillère à potage, 1 cuillère à sucre, 2 cuillères à hors-d'œuvre, 2 cuillères à sauce, 4 cuillères à sel en argent français.

174 — Un couvert à salade, un couteau et une truelle à poisson en argent anglais.

175 — Dix-huit couteaux et fourchettes à dessert à lames en argent et manches en nacre.

176 — Dix-huit fourchettes à huîtres en argent et manches en ivoire.

177 — Douze autres fourchettes à huîtres.

178 — Dix-huit couteaux à dessert en doublé argent et manche en ivoire.

176 — Dix-huit fourchettes à dessert en argent anglais et manche en ivoire.

180 — Dix-huit cuillères à café en argent hollandais.

181 — Quatre salières, 1 moutardier avec cuillères en argent hollandais.

PLAQUE

182 — Quatre plats longs, 6 plats ronds, 2 autres avec chiffres et ornements gravés ; 2 légumiers, 4 réchauds. Deux seaux à rafraîchir, surtout de table avec corbeille en cristal. Une grande bouilloire, etc.

183 — Un porte-liqueurs en plaqué et 3 flacons en cristal.

184 — Un huillier en plaqué, 1 manche à gigot, etc., etc.

185 — Meubles courants. — Meubles pour chambres de domestiques.

186 — Bonne literie.

187 — Linge de table, draps, serviettes de toilette, etc., etc.

188 — Batterie de cuisine et ustensiles de ménage.

189 — Objets divers.

190 — Livres d'histoire et de littérature, partitions de musique, biographies de musiciens, etc. (Voir la notice spéciale rédigée par M. Aubry, expert-libraire.)

www.ingramcontent.com/pod-product-compliance
Ingram Content Group UK Ltd.
Pitfield, Milton Keynes, MK11 3LW, UK
UKHW022005260726
13994UKWH00004B/1952